時計草咲く

歌集

木村悦子
Kimura Etsuko

六花書林

時計草咲く　＊　目次

装幀　真田幸治

時計草咲く

旅の途中に

「来てね」という言葉に代えてコスモスが今が見ごろと繰り返す母

「悦子くる……」母の日記の一行に踊る文字にて書かれてありぬ

飛び乗りし夫とう列車は行き先の定まらぬまま旅の途中に

いつからか糊の効きたるシャツよりも皺加工なる自在な暮らし

おおかたは戸惑うことなく応えあう夫との日常たぶん幸せ

カーテンの細きすき間におさまりぬ長身灯す東京タワー

ひとり臥す夕暮れ時は眼を閉じて家族の靴音聞き分けている

如月の父

母のこと気遣いながら入院せし父のベッドの白さ目に染む

われの手を声失いし父の手が握り返して「心配するな」

如月の父の最期を看取れざりしその手を幾度にぎりてもむなし

あれほどに帰りたかりしわが家に死して戻りぬ奥の座敷に

半年を父の過ごしし病室を見おろすように立つ駒ヶ岳

亡き父の付けし日記の最終ページ文字も乱れず泣き言もなく

在りし日の父の生き方賞状のひとつひとつが証となりぬ

いつよりか髭をたくわえ座する子に父の面影見え隠れする

父の背の記憶はありぬ雪の朝を負われてゆきし町まで一里

各駅停車

突き刺さる言葉の棘をスーパーの袋の中に詰め込みてゆく

黙したる重たき午後を打ち破る缶コーヒーをあける音せり

遠き日に娘の弾きしエチュードが途切れとぎれに聞こえくる窓

睡眠の急行列車に乗りそびれ各駅停車の朝行きに乗る

思い立ちて五月人形飾りたり息子の前途を案じいる朝

娘《こ》のためと先ずは出雲の大社にて守り札買う母なるわれは

通り雨に濡れし身体《からだ》は山陰の茶房の椅子にしばしやすらう

駆け足の八分音符の生活を四分音符へと戻しておこう

秋夕焼け

夕べより抱えしままの悲しみはそおっとそのまま小雨降る朝

戻りきてわれには続く朝のある確かさ思い喪服脱ぎおり

店員に毅然と抗議するわれのいて朝方の夢のたのしさ

夕焼けは人を恋しくさせる色秋夕焼けの中に佇む

帰り来てソファーにくつろぐ娘の肩が夕焼け色に染まりはじめる

歳月をともに過ごしし揺り椅子の色褪せたるに静かに座しぬ

カレー煮る匂いの中に幼きを胸に抱きし遠き日のあり

将来を共にあゆむと言いくれしひとを伴い息子《こ》は帰り来ぬ

玄関に桃花かざりし春の日に子のつれだちし女性《ひと》の華やぎ

ニガウリを買う

スムーズに蕗の皮むく指先はふるさとの春を手繰りはじめる

「一度食べたらやみつきよ」スーパーでの会話きこえてニガウリを買う

酢に漬けしみょうがの紅が食卓の差し色のごと際立ちている

読み終えしメールを削除に選択す今日の夕陽に染まる指先

つつがなく暮れしひと日の団欒の画面に映るイラク戦争

ＳＡＲＳの流行している広東へフライトの娘は戦士のごとし
それぞれのプライベートを呑みこみて夜の卓にはケータイふたつ
あかつきに終了させしパソコンの画面に白き月のうつりぬ

オリーブの木

荷を出して遮るものは何も無き西日差し込む息子の部屋に座す

丈高きオリーブの木は残されて子は出でゆきぬ師走の家を

わが描きたる油絵の静物画新居のかべに掛けくるるらし

綾瀬川たっぷりたっぷり流れゆく水面に桐の影ゆらぎおり

手作りのクリスマスツリー届きたり子の傍らにほほ笑むひとより

カーテンを開ければそこにいつもある待ち受け画面のような富士山

初詣われより長く手を合わす夫は何を願いているや

物干しに袖の絡まるシャツ二枚春一番のジルバをおどる

新郎の母

婚の日の日取り知らされなにゆえに心沈むや春のまひるま

新郎の母といわれる日の近く化粧品など揃えておりぬ

子の挙式迎えし朝は晴れわたりわれの湯のみに茶柱立てり

息子より「ありがとう」の言葉あり耳に残りて初夏の風

母の日にカサブランカの届きたり挙式十日目のふたりより

水替えにカサブランカを抱き寄せる近々と吾に濃き香を放つ

花茎が花瓶の中に反りてゆきほほ笑むように大輪咲かす

われのため贈りくれたる十五輪ちりおわるまでの日々を楽しむ

定位置のピアノの上に飾り置くひとり増えたる家族の写真

白き月

声だかにカラス啼きあう明け方の浅き眠りの中をさまよう

明け方の空に透けたる白き月夕べ帰らぬひと待つように

早朝の蟬の発声練習かミミミと鳴きてシシシと鳴きて

子供らの集団登校する声が固まりとなり窓辺を過ぎる

うやむやの昨日の心はそのままにグラスを磨く朝の手のひら

絶やさずに花置かれある交差点若き命の失せし場所なり

花びらを落としし日暮れの向日葵は麦わら帽子を脱いだ少年

日が暮れてひとつまたひとつ灯りだす団欒の窓の灯色ことなる

喜多方の観光馬車にゆられ聴くリズミカルなる蹄の音を
青空を少し残して真っ白な雲の群れいる喜多方の空

優柔不断

夫乗せし救急車より垣間見る外は忙しき朝の風景

しずまりし病室のドア開けるとき大きくひとつ深呼吸する

切り分ける刃先に柔しラ・フランス　あなたはいつも優柔不断

折り鶴のつばさのような白百合の花びらひらくベッドの脇に

夕焼けを見んと集まる談話室それぞれの顔の穏やかとなり

この人のためにどれだけ尽くせるか　しずかに月に寄り添う星よ

瓶底の澱のようなる寂しさの揺り椅子揺らす雨を聞きつつ

さびしさの中より立てとその声の中城ふみ子を一気に読みぬ

先手うたれる

区切りなく去年と今年はつづきゆく午前零時の湯ぶねの中に

しばらくは絡みし糸をそのままにゆるりゆるりと解けくるまで

新しく家族となりし美保さんに先手うたれるオセロゲームで

迷いいる心をつつむ白シャツの襟立ててゆく朝の舗道

コンビニの前にパン食む若きらは顔なきもののごとく連なる

陽を浴びて溶けてしまえば何事もなかりしごとき三月の雪

憂鬱の窓ほそく開け見し街は春の日差しにつつまれており

人生ゲーム

なめらかに言える言葉はふたつだけ「行ってらっしゃい」「お帰りなさい」

こんもりとホイップされたように咲く古木の白梅あき家の庭に

折々を妻母姑のカードきりて「人生ゲーム」のごとく暮らしつ

夢の中のわれはいつでも故郷の山の小径に迷いておりぬ

ベランダのオリーブの木が枝のばす　背伸びしないで私はわたし

母として居るには少し場違いの息子のオフィスの明るきソファー

朝食は食べているかともうわれは聞くことは無い子は娶りたり

折りたたみ傘のごとくにわが思いたたみてありぬひとりのために

母はあっぱれ

長き数字のわがケータイに掛けくれし九十二歳の母はあっぱれ

早朝に母入院の知らせありしばし空けおくわがスケジュール

今よりも過ぎし昔を鮮明に母の語れる雨の病室

語りてもかたり尽くせぬ母の声満州からの引き上げ話

リュック負い吾を抱きて帰国せし母の終戦いく度聞きしか

口数が少なくなりて座りいる母は小さしわが帰る朝

帰りぎわ母の襟もと直しやるわが手にふれし小さき肩よ

合鍵

自活すと娘の言いだせる夕暮れを吾は黙してシチューを煮込む

荷をつくる娘にあれこれと持たせつつわが記憶にもありしと思う

母として言うべき言葉さがしおり「そろそろ行きます」娘はたちあがる

長雨がぴたりと止みし秋晴れに娘は月島へ越してゆきたり

その姿見えなくなるまで佇みぬ引きとめるにはもう遅すぎて

ほんとうに言いたきことは胸のうち窓辺に吊られし涙のピエロ

じんじんとわが耳鳴りはつづきたり娘は今宵から独りの暮らし

合鍵のひとつを娘より手渡され身近になりし月島の街

ゆっくりと話すことなき娘と歩むもんじゃ通りを相合傘で

風の声

白萩の小さき花びらこぼれ落ち囁くような風の声きく

約束の時間にしばし間のありて朝のファミレスのドア押し開ける

それぞれが還暦という衣を纏い同級生が席に居並ぶ

風船をまだ膨らますと言う人と息抜く人の還暦の会

繰り返しくりかえしつつ機を織る　発酵するごと布にしてゆく

機織りの杼《ひ》につなぎたる緯《よこ》糸は窓の向こうにつづく空色

春の陽ざし

一瞬にカラス横切る影のあり春三月の午後の窓際

「世界らん展」に深紅のふた鉢購いて春の華やぎ抱きて帰る

時かけて手織りし布にやわらかき春の陽ざしの色かさなりぬ

今ならば踏み出せそうと思いおり蕾ほころぶ桜木の下

今日われはひとりの女。図書館の予約の席に構えてすわる

並び坐す雛人形よ結婚を躊躇している娘の背中押せ

軒下に大きな壺のならびいる代々つづきし佃煮の店

夫と娘がときおり寄りて歩みゆく桜並木の隅田川沿い

アンダンテ

娘よりカーネーションを手渡され問いただしたき言葉のみこむ

焼きたての厚焼き玉子まっすぐな湯気立ちのぼる　吉と思いぬ

鍵盤の上のわがゆび秋の日の音をさがしてさ迷いており

時折に吹きくる風はアンダンテわたしも今日からもう急がない

留守の間に立ち寄りし子が飲みほして帰りゆきしか珈琲缶ひとつ

「恋心」「ジェラシー」などの花言葉　あやうき香り薔薇園の午後

窓枠に切り取られたる冬空は何も描けない青いキャンバス

臥すわれに代わりて炊事する夫はトーンダウンに曲ききながら

おせち料理

姑になりて迎えし大晦日おせち料理をただしく作る

卓の上にかぼちゃのレシピ際立ちて帰国子女なるひとの手料理

わが炊きし黒豆、煮しめ、箸止めず婿の頬張る新年の朝

正月の気分そのままふつふつと七草粥のたきあがる朝

冬空にアンダーライン引くように右肩上がりの航跡ふたつ

糖蜜にからめられたきわがこころ冬の日ざしの中にさらせり

マイペースとけじめなき日々かさねおり読みかけの本織りかけの布

四十分歩き疲れて図書館の無関心さの和のなかに座す

だしぬけに

リビングに色とりどりのストックの花の香ただよう春の一日

渦潮を見に行こうかとだしぬけに夫言い出しぬ　その朝に発つ

早朝に四国へ向かう夫とわれ第一ターミナルに赤き月あり

離陸するシートにただしく収まりぬパックにならぶ玉子の気分

空たかくヒバリさえずる正午なりわれらバス待つうどん街道

金毘羅に着きしころより雨となり金毘羅様へ相合傘で

振り返ることなく上る石段を雨に打たれて金毘羅参り

宮島の海はひかりて波ゆるく赤き鳥居の裾ぬらしおり

滞りなく旅終えてレトルトのカレーぐつぐつ温める夜

天空の水族館

「天空の水族館」と銘打って六本木森タワーに夢かなえし息子よ

水槽を透かして見れば夏空をゆるり舞いたる熱帯魚たち

三本の白き横帯クマノミの水槽越しにゆれる東京

森タワー五十二階のアクアリウムにアートとなりて舞う魚たち

三六〇度ぐるり東京見渡せり海抜二七〇メートルのスカイデッキに

わが窓に六本木森タワーの灯をさがす子がまだそこに居ると思えば

クラシックカー

一〇八台の色とりどりのクラシックカー神宮の森の木漏れ日の下

五〇年代の愛車について語るとき息子の眼差しは少年のよう

人垣をかき分けスタート直前に息子夫婦におにぎり手渡す

エントリーされし赤き車体の一〇五番今スタートの旗の振られて

助け合い走りつづける一〇〇〇マイルふたりの人生よかくあれかし

日焼けしてゴールせし子に花束を横浜元町小雨ふる午後

囲まれてフラッシュ攻めに応えいる東儀秀樹の笑顔もありぬ

秋のいたずら

美保さんと出かける時の装いは派手すぎずしかし地味ではならぬ

取り残されたような午後リビングのポトス一葉の落ちゆくを見よ

西空にひろがる茜のやさしさをわれは双手に抱きしめている

試着して五分もたたぬに買いておりこの早業は秋のいたずら

綿の花咲くベランダに子の住める街を思いて空を見上ぐる

ＦＭラジオの生放送の息子の声を吸い取るように聴いている午後

助手席のわれの横顔しみじみと母に似てると夫のまた言う

少しずつ忘れゆくもの捨てるものありて心はスリムになりぬ

いつの日も母は待ちおり故郷に帰り来る子の港のように

幾つもの棘を持ちたるわたくしが抹茶点ており理由《わけ》ある午後に

女子高生「うざい、うざい」を繰り返し笑いころげて下車してゆきぬ

娘といっしょ

携帯を浴室までに持ち込みて多分むすめは恋をしている

わが胸に寄り添いてくることはもう無いだろうか娘よあまき香よ

ぺちゃんこに凹みしこころ娘の声にゆっくりゆっくり膨らみはじむ

明日からの沖縄旅行は娘といっしょ鼻歌まじりに旅支度する

客室乗務員なりし娘も乗客のひとりとなりてシートにありぬ

日盛りに美ら海水族館を出でくればマンタのような白き雲あり

琉球の風になごみて飲む珈琲「やむちん喫茶シーサー園」にて

読谷の小さき店にて泡盛と島らっきょうのお代わりをする

「うりずん」の客となりたる娘とわれを饒舌にする泡盛の古酒

ジャムは宝石

神楽坂行きつ戻りつアフガンの子らの絵のあるギャラリーさがす

大胆な赤きハートのいちまいは脈打つごとし　わが足とまる

そういえば、今日は息子の誕生日、時の記念日、時計草咲く

息子よりフランスみやげが届きたり十個の小瓶のジャムは宝石

熊本より昨日届きし柚子の香が漂いている朝のリビング

いたずらに背伸びしていし虚しさの九月の空に満月ひとつ

やわらかき冬の日ざしを背にうけて大島紬の仕付けをほどく

「じゃあね」とう言葉を置いて息子が帰る　揺り椅子ゆれて夕陽もしずむ

やがて

絵馬に書く願いはひとつ胸にあり砂利踏みしめて参道をゆく

ハングルや英字で書かれし絵馬ありてその傍らにわが絵馬かける

ようやくに娘は結婚とうエアポートに静かにそおっと翼をたたむ

この先はよどむことなく漕ぎゆけよ二人のための小舟がひとつ

うきうきと娘に会いにゆく三月のやわらかき陽が車窓におどる

お互いの思いかさねて歩みおりもんじゃ通りに春の香はあり

やがて娘が引っ越してゆくニューヨーク、書店によりてマップを買いぬ

ニューヨーク行きの機中の娘を思う夜の静寂《しじま》に雨音を聞く

月島に忘れし物のあるごとくまた出かけゆく娘はもう居ない

ありったけの母の愛

月刊誌「ＧＯＦＴＨＥ」に載りし息子の記事にまだまだ続く挑戦を知る

さりげなく差し出されたる夫の手にすがりて登る急な坂道

ありったけの母の愛です　夏の朝に子の好物の南蛮漬けを

母として訊かねばならぬことふたつ疲れてないか、ちゃんと寝てるか

「ただいま」と買い物帰りの感覚でニューヨークより娘が帰り来る

娘と過ごす時間制限十日間とっととっとと無情に過ぎる

娘の姿が出国ゲートに消えかかる今、今もう一度ふり返れ

モルディブの海に潜りて泳ぐ息子の思いがけなきグラビアを見る

句読点

父十三回忌に母九十五歳《きゅうじゅうご》と六十歳《ろくじゅう》を越しし四人のはらから集う

日常が非日常となる瞬間《とき》は母の電話の声にはじまる

霜月のデイサービスにゆく母よ園児のようにバスに乗り込む

会うたびに小さく小さくなる母にわれはどれだけ報いているか

やすやすと帰り仕度をするわれか　母のさびしさ置き去りにして

詮無きことと諦めよ　納豆のねばねば断ち切る朝の食卓

バランスボール時おり蹴られ転がされ気ままな人の重さに耐える

どこで打とうか句読点。ほとばしる言葉まろびて夜のしじまに

デパートに足を運びて美保さんとキッチングッズを探す楽しさ

ベランダに干しし布団に坐すように収まりている白き富士山

今朝ひらくバラ

するすると太極拳のひと影が地を這いてゆく朝の公園

懐妊の兆しありとの診断にむすめの声は今朝ひらくバラ

初詣に大吉と出たおみくじは娘の懐妊の知らせであった

嬉しさにわが風船はふんわりと心の底から膨らみはじむ

ニューヨークの娘に会いにゆく日程に花まる記す朱色でくっきり

来るものは拒まずにゆけ春の日の少し冷たき風に向かいて

なりゆきで君のせいだと責めている砂漠のような心がきしむ

赤き鼻緒

歩くこと少なくなりし春の日に赤き鼻緒の草履を母に

時おりを現にもどりて母は言う「ご飯食べた？」とわれを気遣う

はらからの母呼ぶ声の重なりてその後に落ちゆく静寂の沼

「お父さん、わたしも来たよ」と天国の父に言うらんあっけらかんと

水無月に逝きし命を繋ぐごと葉月が来れば初孫生るる

玄関に忠犬のように母を待つ赤き鼻緒の草履が一足

夕暮れの川面に映るビルの灯が灯籠流しのように揺らぎぬ

娘の待つ国へ

安産のお守り札をまず先にスーツケースの底にしのばす

手荷物は手荷物検査の台の上に　心の荷物は抱えしままに

母逝きて寂しさ抱えひとり発つ出産間近の娘の待つ国へ

十二時間時計の針を戻し来て娘の待つケネディ空港に立つ

常駐のアパートメントドアマンに角張る英語で挨拶をする

ゆっくりとブルックリンブリッジを渡りゆく身重のむすめと歩調あわせて

ブラインド全開のまま眠りたりマンハッタンの灯につつまれて

怖いほど静かな夜を過ごしおり明日には孫の生るるというに

へその緒の繋がりしままの赤子抱くその瞬間に娘は母の顔

母となり乳をのませる娘の影は子と一体の美しき像

完璧な育児書などに惑わずに子を抱きしめて育ててゆけよ

揺りかご

みどりごの退院待ちつつふつふつと大豆炊いてる異国の日暮れ

ニューヨークにて短歌人誌を熟読す　日本の文字にいやされている

時おりの夫へのメールは思いやりふんだんに書きひょいと送りぬ

ジーンズにスニーカー履きゆっくりとミッドタウンの九月を歩く

NYの自販機のない街並みにATM機がいたる所に

ドル札で支払うたびにつり銭のセントがたまり財布が重い

きっちりと二ドル二十五セント握りしめ連結バスを待つ夕まぐれ

紀伊國屋ニューヨーク店に立ち寄れば「いらっしゃいませ」やさしき旋律

砂時計の砂落ちるごと容赦なく孫と過ごせる日数減りゆく

わが腕日本へ帰るその日まで君だけのための揺りかごになる

ファーストシューズ

ニューヨークでの二か月間の生活は六十歳《ろくじゅう》半ばのわが手柄なり

時差ボケもようやく治り今朝からはねばねば出るまで納豆まぜる

孫の顔パソコン画面いちめんに届いておりぬfromNY

空に浮く白き雲よりなお軽きファーストシューズ孫に買いたし

幸せがこぼれてしまいそうだから静かにそおっとケータイを切る

わが窓にスカイツリーが迫り来て東京タワーが遠くなりゆく

ふるさとの玄関かたく閉ざされて母亡きことの現に出会う

葉を落とし纏うものなきユリノキが修行僧のごと寒空のした

夫と子に祝われている誕生日　冬日のひかりわが背にありて

赤○付ける

ニューヨークより娘と孫が来る日には大きくくっきり赤○付ける

初めての飛行機に乗りわがもとに生後五か月の理生《りお》は来たれり

寝起き良き孫にくっきり片えくぼマシュマロのような甘きほっぺに

添い寝して寝かしつけいしはずの娘が孫より先に寝入りておりぬ

乳のみて泣くも笑うも眠るのも明日への君の細胞となる

声立てて笑う笑顔を期待してあやす大人がのめり込みおり

ベビーカーの取り扱いに慣れたころ孫はもうすぐ帰ってしまう

あちこちに孫の残り香ただよいて胸キュンとなる弥生の日暮れ

再　会

背の高きロマンスグレーが近寄りぬ従弟と確認するまで数秒

スウェーデン在住四十年の従弟なり銀座三越前に再会す

今日までの六十数年の人生を埃をはらうように語りぬ

事も無げに「五人目の子は外の子」と彼は裏面をさらりと言いぬ

寛容なる従弟の妻へプレゼントわたしの織りしブルーのマフラー

彼の娘の手掛けた曲のいくつかは耳に馴染みしコマーシャルソング

歩みの一歩

震災の喪に服さんと断ちしこと友とのランチ、夕餉のワイン

コーヒーにミルク入れてもかき混ぜぬそれがわたしの今の生き方

ずっしりと子の頭ほどの晩白柚を背負いて歩む理生《りお》は一歳

秋空にスカイツリーがそびえ立つ孫のあゆみの一歩二歩三歩……

孫かこみロールケーキを切り分けるここに密かなわれの幸せ

子の家に忘れ物してまた戻るドジなわたしに月が寄り添う

わたしなら大丈夫よと強がりて作り笑顔で乗る終電車

四月をはしる

渋滞のテールランプが赤々と遣り切れなさを発信している

この先の夢の続きを語りいるＴＶのむすこにエールをおくる

三月の冷たい雨の降る夜を甲州みやげのほうとう煮込む

春陽に理生《りお》の口元ほころびて新芽のような言の葉こぼす

片言の「マンマーパンマー」おさなごの呪文にかかり離れられない

雨上がりひかる小道をおさなごはわが手ふりきり四月をはしる

夕暮れのほの暗き部屋を一輪の黄のガーベラが灯しておりぬ

キッチンの窓から見えるスカイツリーわが手に握るアスパラガスだ

とびきり明るく

「おまえとは遊んでなんかいられない」犬とじゃれ合う夫の口癖

お互いに「ノー」と言えない友と食む店主すすめるお任せコース

娘の夫の生まれ故郷の人吉に迎えられたり五月のわれら

人吉の駅舎に人の集い来るからくり人形まわり始まる

球磨川の水面に跳ねるきらめきを球磨焼酎のグラスに透かす

「要りません」セールス電話を切りしあと犬のモンツァに愚痴こぼしたり

「ただいま」の声にこたえて「おかえり」はとびきり明るく　今日を安堵す

耳に弾けたシャボン玉

エラーせずミラノに届け息子に送る少し長めのバースデーメール

われのこと初めて孫が「おばあたん」耳に弾けたシャボン玉ひとつ

デジカメは児の成長とわが老いを日々あきらかに写しておりぬ

わが胸に深く眠りし幼児の寝息のリズムにわが息添わす

無言館の自画像の眼が問いかける　今の日本はこれで良いのか

部屋中の空気がつんと尖ってるハーブ一束置き去りのまま

コスモスが庭いちめんに咲いたよと亡母《はは》の弾みし声が聴きたい

焼きナスの皮むく夕の静けさに秋の深まり感じておりぬ

秋しぐれわが膝の上の愛犬の程よき温もり感じておりぬ

街角にティッシュ配れる若者の生活《くらし》思えば受け取るべきか

この一年ときおりに吹く北風もやり過ごし来てなべて幸せ

もしかして

久々のむすこの電話はほんわかと春近き日の空よりきたり

もしかして寄るかもしれぬ子のために南蛮漬けの小鯵を揚げる

わが家より見ている富士をこの朝は京都に向かう窓に見ている

とりどりの金平糖が転げ出す春の陽ざしに溶けゆく園児

はらはらと止まることなく散る桜　言うべきことさえ言えない私

朧げな夕陽の描きし影法師しどろもどろのひと日すぎゆく

「おばあちゃん」と呼ばれるたびに浮遊するわれは二歳におぼれておりぬ

おさなごと過ごすひと日の陽だまりは真綿のなかにこもる幸せ

つき立てのお餅のような頰っぺたの君の二十年後を見られるだろうか

ざわめく夏

すこしずつ文字盤ひらく時計草ざわめく夏のはじまり知らず

朝刊にむすこのアートが載ってると連絡ありて新聞を買う

紙面より「空舞う金魚」を切り抜きて母なるわれの宝の箱に

今のまま誇らしく咲けよ時計草ざわめく夏が幕下ろすまで

暑さから遮断していたカーテンを開けて九月は君に会いたい

平凡な日常なるを良しとして窓辺の花にたっぷり水を

ひとつだけボタン外れただけなのにやけに淋しい十月半ば

職辞めし夫との暮らしは地に低く寄り添いて咲くタンポポの花

朝食がゆっくりすぎて昼食が追いかけてきて半日おわる

お互いに許し合うこと覚えしか歩幅あわせて坂道くだる

圧縮の過ぎし年月やんわりとほどけ始めて子に従いぬ

シンガポール

晩秋の羽田空港空晴れてシンガポールの旅に出で発つ

どんよりと雲ひくくして雨季という少し汗ばむ異国に立ちぬ

雲間から夏の日差しのふりそそぐ街に大きなクリスマスツリー

愛想よきアラブの店主に招かれてわれはすんなりショールを買いぬ

ゆるやかに家族四人の時間《とき》ながれナイトクルーズ夕風のなか

マリーナベイの光り輝く喧騒にシンガポールの夜の更けゆく

チャンギ空港に向かう途中に初めてのスコールに遭う　旅は終わりぬ

苦いコーヒー

息子夫婦がシンガポールへ犬も連れ越してゆく日の間近に迫る

血を採られマイクロチップ埋め込まれ愛犬モンツァの出国準備

かたわらに寛いでいる一匹はシンガポールに住むを知らざり

出国の手続き終えし愛犬は抱いてやれないクレートのなか

クレートの小さき窓に鼻寄せるモンツァの濡れた鼻先ひかる

一匹と息子夫婦を見送りて空しくすする苦いコーヒー

くっきりと飛行機雲が弧を描く何か良いこと今日はありそう

この日から

転居する準備に心せかされて人の気持ちに添えない五月

引っ越しの準備というは思い出をひとつふたつと捨てゆく作業

捨ててゆく物と決めれば尚更に後ろめたくて心がきしむ

小刻みに震えるように咲くスミレ越しゆくわれの心のように

ウグイスの声に目覚めてこの日から大倉山に住む人となる

慣れるより慣れぬままにてこの坂を楽しみながら歩みてゆかん

閉ざされし部屋に空気を送り込みわたしのための部屋にしてゆく

どこからか豆腐屋の笛きこえくる猛暑日という夕暮れである

口笛を吹くがごとく鳴く鳥が今朝もわたしを起こしに来たり

裏庭へひょいとフェンスを乗り越えて若き庭師は忍者のように

たった二人

絶え間なく行き交う電車の見える窓に張り付くように三歳はあり

制服に袖を通せる三歳が凜々しくありぬ入園の朝

本物のクラシックカーを見た孫がミニカー並べ続きを遊ぶ

夫からの返信メールは定番の「はい了解」の四文字がもどる

アボカドとトマトの色の際立ちぬ　たった二人の夕餉の卓は

空仰ぎ諸手ひろげてシーツ干す夏の白雲わしづかむごと

坂道を上るわたしと下る猫すれ違いざま互いに見合う

緯《よこ》糸を少し強めに織り込みてわたしの心のひだを埋めゆく

ケトルの叫び

わが顔に皺のあること四歳の澄みし瞳がさらりと見抜く

公園で見つけたクワガタ孫のため勇気を出してエイと捕らえる

四歳が車中の光景みて聞きぬ「どうしてみんなでんわみてるの？」

突然のケトルの叫びに気づきたり静かな今の暮らしあること

卓の上の百合の花びら朽ちてゆく　わが人生の縮図のようだ

世の中にニュース溢れて流されて安保法案ななめ読みする

忘れ物とりに居間へと戻りしがチョコレート食みてそのまま忘る

秋雲の間に浮かぶ薄き月むかし飛ばした紙風船か

秋空にただもくもくと羊雲わがふるさとよ信州駒ヶ根

クロワッサンとカプチーノ

夫とわれミラノ・マルペンサ空港に着陸す　これより先はむすこが頼り

空港よりミラノに向かう車窓には大きな虹がふたつかかりぬ

長きこと思い続けし子の夢の「アートアクアリウム展」ミラノの街に

朝食はクロワッサンとカプチーノ子の行きつけのオープンテラス

エスプレッソの深き味わい覚えたり小さきカップに砂糖溶かして

立ったままるで煙草を吸うように絵になる紳士《ひと》がエスプレッソを

静々と壁画の前に佇みぬ「最後の晩餐」鼓動はやまる

さりげなく

何処にでもあると思うなこの国のトイレ事情に右往左往す

午後八時まだ日は暮れぬさりげなくキスする人の似合う街角

ミラノからモナコへ向かう三〇〇キロ息子の助手席はわが指定席

大聖堂のローソクひとつに火を点し祈るむすこの横顔を見る

続々とスーパーカーの走りくるモンテカルロの夜は眠らず

地中海の地平線より上る太陽《ひ》が後光のように海面を射す

ミラノから戻りて孵化をするように徐々に日常取り戻しゆく

わたくしと見慣れし顔の日常が有無を言わせず流れ始める

ときどき夫

なかなかに治る気配のない中で肺炎ですと診断くだる

飽きるほど空の模様を見ておりぬ群れる羊の雲を追いつつ

病むわれの心に添いてくれしもの好きな音楽ときどき夫

久々に夫の作りし味噌汁の具の大きさにまたかと笑う

来るものは拒まずゆかん冷え込みし師走の朝の身支度をする

寡黙なる夫の言葉を急かしつつ今日という日の歯車まわす

噛み合わぬままの歯車ふたりして言葉のキャッチできずにおりぬ

ルンバ

終了後掃除機ルンバが定位置に賢く戻る瞬間を見た

図書館の冷え冷えとした空間に身を置くわれは少し病んでる

眠り込む知らない人に右肩を占領されて二駅通過

ウグイスの今朝の自慢のさえずりは旋律正しく響きわたれり

菜の花のお浸しの上の削り節息に舞い飛ぶ春の食卓

幸せと隣り合わせの寂しさの隙間を埋める友とのランチ

手をつなぎ園児ら連なる春の道わたしも一歩進んでみよう

五月の空に

記念日に夫の粋なる計らいのシャンパン掲げディナークルーズ
夫からの思いもよらぬ贈り物ディナーの途中にバラの花束

肩にある荷物おろして思い切り背伸びしてみる五月の空に

焼きカレー超激辛を門司港の小さき店にて挑戦したり

門司港の流るる時間《とき》に逆らわずフルーツパフェの甘さに浸る

真っ青な空にくっきりウイングが二つに分かれた門司港の橋

しずしずとブルーウイング閉ざされて橋に戻ればわれら渡りぬ

のんびりと過ごしし旅の帰り道今夜のメニューに急かされている

待ちわびて

待ちわびて来しことなれば息子夫婦に家族増えるを知り舞い上がる

図書館に雨宿りしてページ繰る　この嬉しさをどこに置こうか

プランターに赤と黄の花咲き満ちて今のわたしの心そのまま

帰国したマタニティ姿の美保さんのまるいおなかにやんわり触れる

躊躇せず三年ぶりのわが膝に寛いでいる愛犬モンツァ

美保さんと即かず離れず添うための浮雲のようなわれのポジション

時計草どこを目指すか蔓の先ゆるりゆうるり壁を這いゆく

夫と息子の会話は低く穏やかにコーヒーの香に溶け込んでゆく

土曜日の朝のほほんと朝日新聞フロントランナーの息子の記事を読む

絡めた小指

久々に理生《りお》と過ごせばサイダーの弾けるような言葉がつづく

六歳より運動会の招待状ポストにありて秋の気配す

走ること大好きなれば年長のリレーアンカーブルーの襷

どうしても素通りできぬミニカーのショウウインドにへばりつく孫

地下鉄の出口A2を六歳に先導されて地上に向かう

孫と吾の絡めた小指の約束は今日の失敗ママには内緒

泳ぎ切りプールサイドに立つ孫よこれから先はもう大丈夫

窓の向こうに

父親になりたての息子の横顔が眩しく見える窓の向こうに

わが孫の双子の顔を見つけたり新生児室の小さきベッドに

つんつんと力いっぱい蹴る足よやがて歩けよ地球まるごと

隣り合う双子《まご》が同時に伸びをする小さきもみじ数えて四つ

両腕に軽々ふたごを抱く人よ守ってゆけよこの先ずっと

ベビーカーにふたごを乗せて増上寺へ家族揃いて初詣する

元旦の日差しは柔く暖かく双子《まご》の未来の道筋であれ

みどりごがわが指握るギュギュギュっと約束するね長生きするって

紅梅ゆらす

一日中ただひたすらに水分とタミフルを飲みベッドに沈む

夫炊きし梅入りの粥つづきいて三日目にしてぼつぼつ飽きる

寝室のドアの向こうにわれを待つ微動だにせぬ一匹の影

散歩中に石段ひとつ踏み外し思わず縋る夫の右腕

ときおりに夫にチクリと刺した棘きょうからやんわり抜いてゆこうか

ウグイスの初鳴きかなと耳澄ます大倉山に春の予感す

たわいなき言葉遊びに笑い合う幼の声が紅梅ゆらす

梅林の白とピンクの道隔て黄色に咲きしミツマタの花

ぼくはモンツァ

取り敢えず小さいけれど番犬の仕事しているぼくはモンツァだ

「おはよう」はパパの足元すり抜けて一目散にキッチンのママに

パパと行く朝の散歩のおみやげのうんちがひとつ手提げ袋に

嬉々として掃除機ルンバが攻めてくる僕の隠れたソファーの下まで

ふたりしてクローゼットに服選びどうやらぼくは留守番らしい

料理するママの背後にじっと待つ今夜もぼくはドッグフードだ

テーブルの下におかずの匂い嗅ぐ　欲しがりませんぼくは犬です

前足でテレビに夢中の人の膝ノックで知らすぼくの存在

寄り添いて人の温もり感じつつぽわぁんとぼくのひと日の終わる

笑顔

もうとうに納得済みの事なれどわが胸中が怪しくうねる

案じいる思い抱えて無作為に本を手に取る図書館の隅

やるせなさ埋めるように豆を炊くふつふつ笑うル・クルーゼの鍋

ウグイスとセミの合唱聴く朝に幼友達わが家に来たり

友らとの記念写真のシャッターを通りすがりのカップルに頼む

帰りゆく友との時間惜しみおりタイムリミットあと十五分

日常へ帰る友らはそれぞれの笑顔のこして車中に消える

エスプレッソ

坂道を上りつめたるその場所に愛犬の待つわが家のありぬ

この坂を上るときには空近く下るときには緑広がる

この坂を塗装の剝がれた軽トラがまだまだまだと上りゆきたり

うっすらと見えいることを遠ざけて曖昧なまま足踏みをする

不甲斐なき思いとともにコーヒーを一気に飲み干しキッチンに立つ

姑も時には「古」を取り外し女子会もどきのランチしてます

秋風が水面を揺らす川沿いのテラス席にて女子会ランチ

何事も無かったように富士山が凛と立ちおり台風のあと

浮かぬ顔している夫にグアテマラの甘い香りのエスプレッソを

お揃いのモナコで買いしカップにてチョコレート添えエスプレッソを

一枚のガラスの向こうに夕暮れの絵画のような鈍色の富士

セカンドシューズ

初めてのバースデーケーキを手摑みしケーキまみれの一歳の双子《まご》

踏ん張って一升餅を背負いたる双子が歩き出そうとしてる

すやすやと双子眠りて吐く息のピアニッシモの音符をひろう

賑やかな孫ら去りたる暫くを耳に拾いぬ鳥のさえずり

一歳の双子《まご》に買いおくセカンドシューズ男の子女の子のお揃い見つけ

もうすでに双子の持ちしパスポートひとりひとりの人格おもう

デパ地下に二人っきりの正月の小さきおせちのお重を選ぶ

子供らは海外に過ごす新年をわれ等はのんびり炬燵に過ごす

雪かきの朝にホカロン三つ貼りスコップ担ぎ雪道に立つ

初めての雪と戯る英美里《えみり》ちゃん滑って転んで雪にまみれる

慎重に一歩を踏み出す 翔英《しょうえい》くんママの傍にてほっこり笑顔

桜トンネル

全身の余計な力解き放ちわれはなりたい白きクラゲに

行きつけのイタリアンにてランチする夫は家にて冷凍のピザ

長電話どこで切ろうか西の空あとくされなく夕陽が落ちる

公園に置かれしままのぬいぐるみ 朝《あした》に幼が探しはせぬか

靄はれて朝日射し来る暫くを聴き惚れているウグイスの声

行く先をさくら色した風吹きぬここからずっと桜トンネル

シャッターを押すたび桜トンネルはうふふうふふと笑って揺れる

はらはらと桜の散るを窓に見て夫の入院説明を聞く

案じいることのひとつを願うため太尾神社の石段のぼる

揺り椅子

朝の陽に夫とモンツァのシルエット二つ並んで坂のぼりくる

夫と吾ただひたすらに前を向き尺取虫のように歩まん

お互いの記憶違いは良しとして今夜のワインのコルクを抜きぬ

飲むほどにワインボトルの赤が減り心はいつしか裸身となれり

ひと文字を空いちめんに描くようにメタセコイアのてっぺん揺るる

五十年夫と歩みし記念日を子らに祝われテーブル囲む

傍らに深く眠りし夫の顔しみじみと見るありがたく見る

リビングのどの椅子よりも半世紀座り続けた揺り椅子が好き

あとがき

歌を作ってかれこれ十八年、二〇〇二年一月号よりこの間一度も欠詠することなく「短歌人」に載せて頂きました。このことは私にとって大きな達成感であり、自分で自分を褒めてあげたいと思う瞬間でした。この思いがこの度の歌集を作ろうと決めたきっかけでした。

十八年間の歌の整理は大変でしたが、一首一首にその時の情景が鮮明によみがえり、短歌にしたためた十八年間をもう一度駆け足でたどるという、貴重な時間を持つことが出来ました。人生のうちのたったの十八年ではありますが、この間に父母との別れ、子供たちの自立、結婚そして孫たちの成長を見守りながら、夫と私の生活も転居など目まぐるしい変動の歳月だったことに改めて気づかされました。

今年も私の好きな時計草が咲きました。ただ、長い年月と引っ越しにも耐えてきたせいか今年は小さく咲いていました。以前は夏が近づくころに文字盤を大きく開き、家族一人一人の笑顔のようにいくつかの花が咲き、それを見てほっと心が和んだものでした。私にとって時計草は家族の過ぎし時をしっかり刻んでくれているように思えるのです。

毎月の短歌人誌では、会員の方々のお名前に親しみを覚え、お顔を想像しながら読ませて頂くことが私の楽しみになっているのですが、ある日、ふと目に留まった歌から思いがけないご縁があり、宮本田鶴子さんと親しくなれたという嬉しい出来事もありました。

「短歌人」に私を誘って下さいました染宮千鶴子さん、初めての歌から数年間選歌して頂き、今ではとても親しい友達であり、歌集を出すことを自分のことのように喜び、帯文を書いて下さった高田流子さん、そして現在、つたない私の歌を選歌して下さっている中地俊夫さん、この場をお借りして心からお礼申し上げます。

最後に、初めてのことで何も分からない私の出版を、快く引き受けて下さり、丁寧な対応をして下さいました六花書林の宇田川寛之さん、心より感謝申し上げます。

木村悦子

二〇一八年十二月　平成最後のクリスマスイブに

時計草咲く

2019年5月2日 初版発行

著　者――木村悦子
〒222-0037
神奈川県横浜市港北区大倉山2-34-1

発行者――宇田川寛之

発行所――六花書林
〒170-0005
東京都豊島区南大塚3-24-10-1A
電話 03-5949-6307
FAX 03-6912-7595

発売――開発社
〒103-0023
東京都中央区日本橋本町1-4-9　ミヤギ日本橋ビル8階
電話 03-5205-0211
FAX 03-5205-2516

印刷――相良整版印刷

製本――仲佐製本

定価はカバーに表示してあります
ISBN978-4-907891-79-4 C0092